U0938928

中国画报出版社

图书在版编目（CIP）数据

大刑伺候/黑背绘.—北京：中国画报出版社，2009.2
（黑背书系·第3辑）

ISBN 978-7-80220-431-7

I.大… II.黑… III.笑话—作品集—中国—当代 IV. I277.8

中国版本图书馆CIP数据核字（2009）第020294号

上架建议：畅销书·笑话

大刑伺候

著　　者：黑　背
责任编辑：史文良
特约编辑：李彩萍
装帧设计：张丽娜
出版发行：中国画报出版社
（中国北京市海淀区车公庄西路33号 邮编100044）
印　　刷：北京盛兰兄弟印刷装订有限公司
开　　本：787 × 1092 1/16
字　　数：50千字
印　　张：12
版　　次：2009年3月第1版
印　　次：2011年2月第4次印刷
ISBN 978-7-80220-431-7
定　　价：49.80元（全二册）

目錄

这到底是"黑背漫画"还是"整人漫画"……
X大侠

死黑背……

快打120啊!!!
累死了

我×！打死也不坐
10t
10t

叫你丫的偷看田猪!!

我日啊!
你怎么不看后面!!

序

从古至今，"刑、德"被视为
治国安邦的两套良策!!

因此以刑法与刑罚为中心的古代
法律制度必然起着重要作用

历史上法律的变革，实际上反映了古代人对社会、人生以及与他人关系的根本性问题所作的思考!!

刑罚作为古代法律制度的重要组成部分，它的发展变化也是整个社会发展与进步的浓缩!!

舜禹统治时期，
将贪赃行为与劫掠杀人行为并列，
一并处罚!!!

这体现了当时的社会已经注重对行政人员的整治和管理，
严厉制裁渎职、贪污行为!!!

夏朝逐步确立了以墨、劓(yi)、刖(yue)、宫、大辟为主的五刑制度!!!

墨刑：用刀刺刻犯人皮肤！再涂上墨，作为标记!!

宫刑：破坏生殖机能！

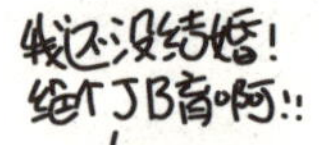

大辟刑：砍头!!

商朝刑法严酷！例如将人剁为肉酱!!!
将人制为干肉、焚烧、剖心、剐肉等残酷刑法!!

西周以拘役或犯人用财物抵消所判刑罚为主!!

春秋战国时期以五刑为主！
残酷性并没有改变！！！

因没有报税！他们在我额头刺上"是贱人"三个字……

我出狱后，为了证明我的清白，在"是"前面加了个"不"字……

结果他们又在"不"字下面加了个"走之旁"……

（记得要纳税啊……）

秦朝出现了鞭打、棍刑、劳役、流放、五刑、羞辱、经济(罚款)、株连 八大类!!!

汉代汉文帝十三年，文帝下诏废除肉刑，着手改革刑制！！！

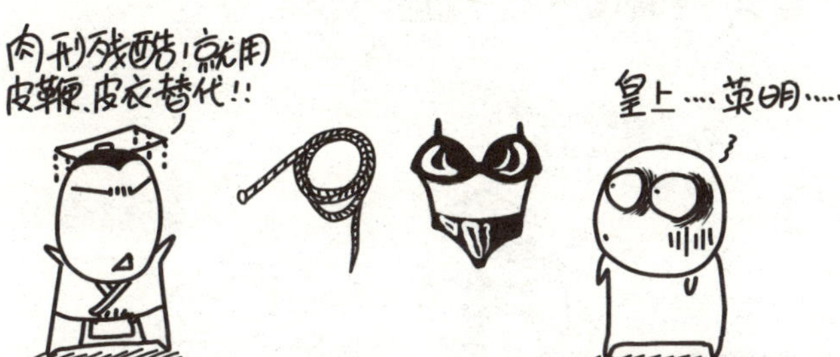

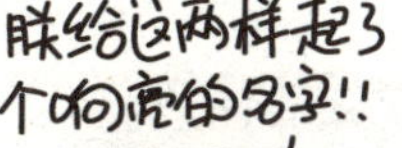

三国两晋南北朝时期的刑罚开始宽缓!
割裂肌肤.残害肢体"的刑罚逐渐减少!!!

隋朝《开皇律》废除了不少残酷的刑罚！
把死刑定为斩、绞两种！！！

唐朝刑罚比以前各朝代都要轻！

刑罚以从轻为度！唐律被认为是古代刑罚的典范!!

宋朝设立了新的刑罚制度：
刺配、凌迟、折杖!!!

元朝刑罚有斩决、流放、责打！
后逐渐向五刑体制过渡，并最终实行！！！

明清刑罚则更加残酷！！！
大量使用肉刑！最常见的就是凌迟！！！

明朝凌迟才三十六刀！
你们却用三千刀！！！
谁他娘的受得了啊！！！

没知识就是可怕……

然而，严刑酷法带来的并不是长治久安!!
也不是治国良方!!!

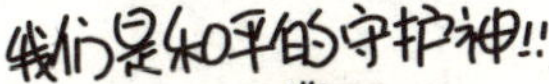

残酷的镇压反而加快了王朝的覆灭……

序完

第一章
炮烙伺候

炮烙也叫"炮格"。具体到行刑过程，有四种说法：

❶、将铜柱放于炭火上，令犯人爬行柱上，犯人坠入火中而死!!

❷.将犯人捆绑在用炭火烧热的铜柱上.
将人烧烤致死!!

❸.封神榜中的炮烙是铸一空心铜柱!里面放入炭火!然后将犯人绑在上面将其烤死!!

④，史书上记载的是把铜柱横在火坑上，烧红，然后令犯人从上面走过……

炮烙的来历

《史记·殷本纪》中记载："纣乃重刑辟，有炮烙之法。"

炮烙是为了镇压反抗者所设立的一种残酷刑罚！！！

在铜柱上涂抹膏油，下面烧炭火！
让犯人赤足从铜柱上走过！！

犯人在上面行走是一定会滑下去的！
滑下去的话就会被活活烧死！！

生还几率

炮烙虽然是残酷的刑罚，但生还几率却是最高的!!

终于有人代替我了……

如果是将人绑在铜柱上，肯定必死无疑……

本来只是脱肛……
现在成肛漏了……

炮烙如果是让人从铜柱上走过

这一种的生还几率非常大!!!

被炭火烧热的铜柱一般在700℃左右!

如果犯人因脚皮糙厚或其他原因走过了铜柱而没有掉到下面的炭盆里，就可以捡回一命！！！

古人都很迷信，如果犯人受刑后没有死去，就会认为是上天在保护他，故而将其赦免！！

谁发明的炮烙

有记载说炮烙是由夏朝的夏桀发明的！

但是司马迁在《史记·夏本纪》中关于夏桀的恶行只写了“桀不务德而武伤百姓，百姓不堪”一句！！

但是在古史传说和史籍上都说是殷纣所为!!

《荀子·议兵》中写道:"纣刳比干，囚箕子，为炮烙刑"!!

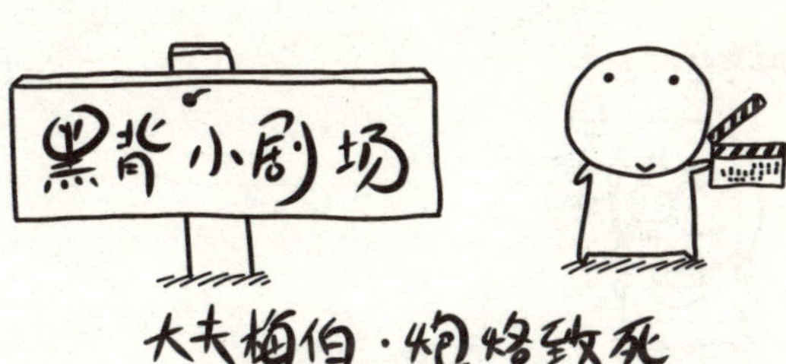
黑背小剧场
大夫梅伯·炮烙致死

臣梅伯参见陛下!!
叮当
饰演
梅伯

嗯!!!
嘿～……
黑背 饰演
纣王
XX之友
饰演
费仲

匹夫:你看看此物!是什么东西!!
纣

啊!!!

真不要脸……

……

自X棒
马赛克

啊~~~

……

死一边去!!!!

匹夫!此乃炮烙!! 今日偶要
九间殿前炮烙你!!!!
炮
烙
纣

昏君!昏君!!
群
三

且慢!!!
又要干吗???
这下有救了....
蜜糖
饰演
比干
纣

纣王大怒!!
将梅伯剥去衣服，
用铁索绑缚其手足，
令其抱住铜柱。

可怜梅伯大叫一声，
其气已绝……

《封神演义》第六回
纣王无道造炮烙

第二章

车裂

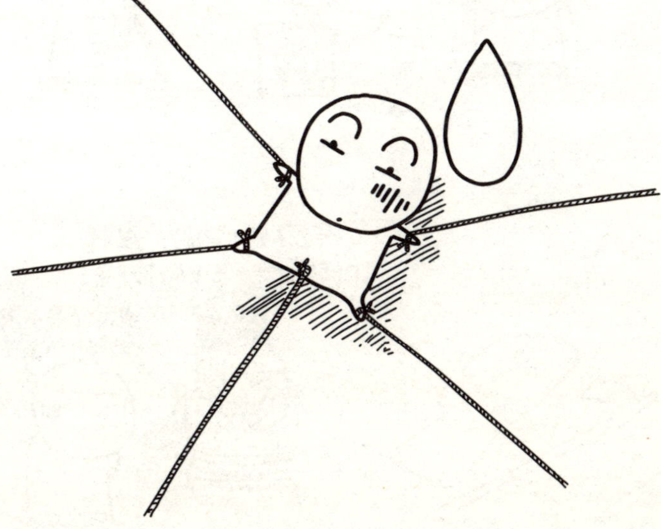

车裂又称辕刑、辗裂，
这是古代一种残酷的死刑!!
请问有多残酷呢??

阎

就是五马分尸!!!
酷吧!!!

阎

好歹把工资付
了再死啊……

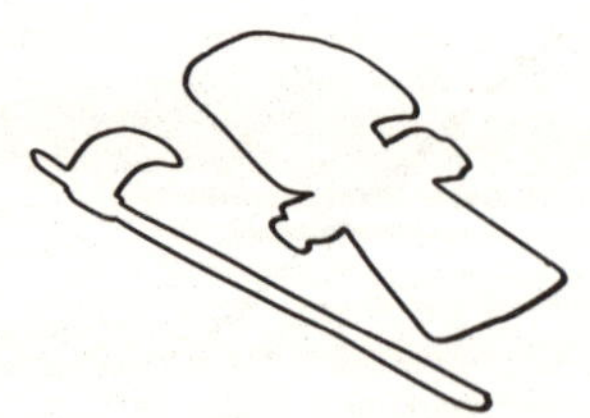

学什么不好!学别人跳楼
讨工钱……一不小心掉下来了…

我怎么跟小髅
的FANS交待啊…

早期只是对尸体进行车裂！

后来才发展到车裂活人！！！

车裂是将受刑人的头与四肢分别系于五车之上！然后以五马驾车！同时分驰，将肢体撕裂！！！

车裂的残酷性

古人都认为"身体发肤,受之父母"!
身体不容受到残害或割裂!!!

身体发肤,受之爹妈!!
他们居然剪我头发!!

理发店不剪发
还叫理发店吗……

许多犯人一旦获罪,常哀求"赏个全尸"!!!

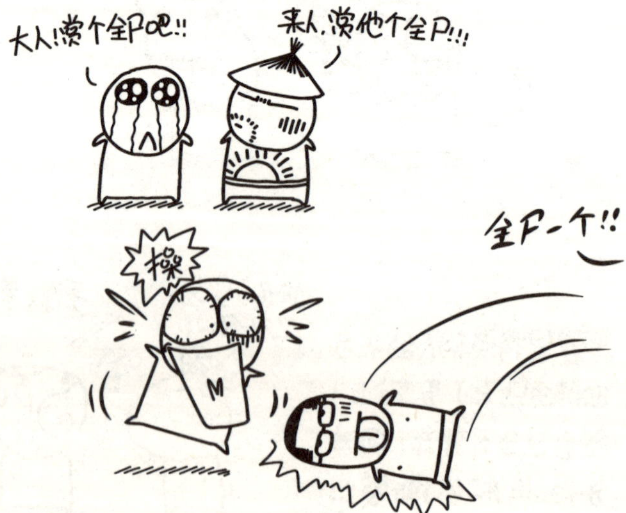

而对死刑犯一个"赏他个全尸"的许诺，
已是极大的恩惠了!!!

"五马分尸"不仅"身首异处"！
就连四肢都天各一方……

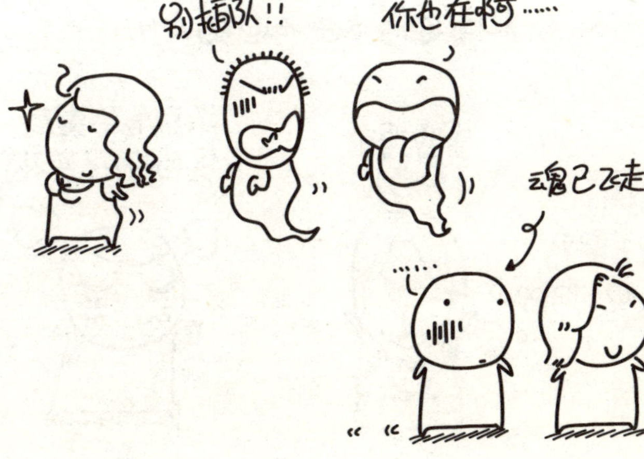

这种酷刑到最后一刻，肉体会异常痛苦！
就连精神也备受煎熬……

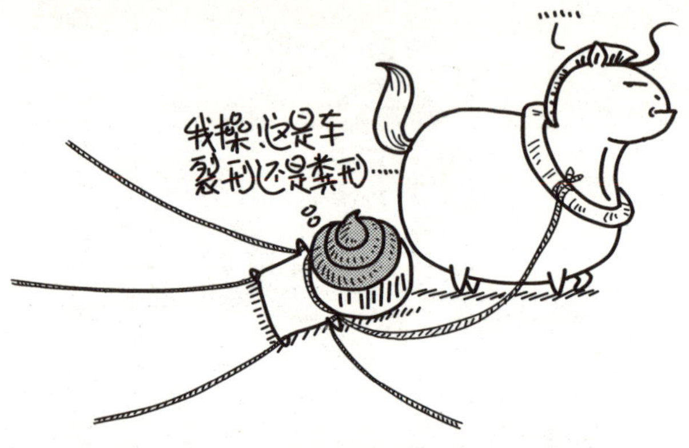

一般情况下，车裂专用于谋反
和篡逆等大逆不道的人！！！

数字游戏

车裂能把人分为
几块呢??

6块吧!!
黑米客串:
十草雪

我靠……
你买猪肉呢……

我出十三块!!
黑米客串:
山大王

我出十三块半!!
黑米客串:
蓝色骨头
靠!这里不是猪肉市场!!

其实根据物体受力原则，
当拉扯一块物体时，只能把他分成两块！

当五匹马拉扯时，
人体最薄弱的环节最易撕裂！

因此，上肢和头部会先被扯掉!!!
剩下的就是两条腿和躯干了!!!

当一条腿被扯掉时，
另一条腿就和躯干连在一起无法分离了!!
因此是五块!!

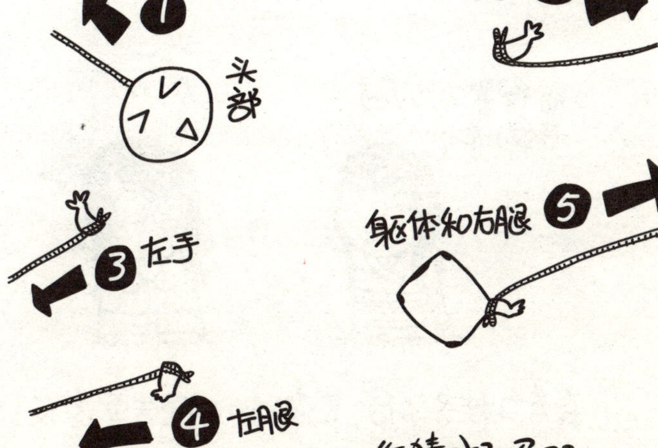

你猜对了吗??

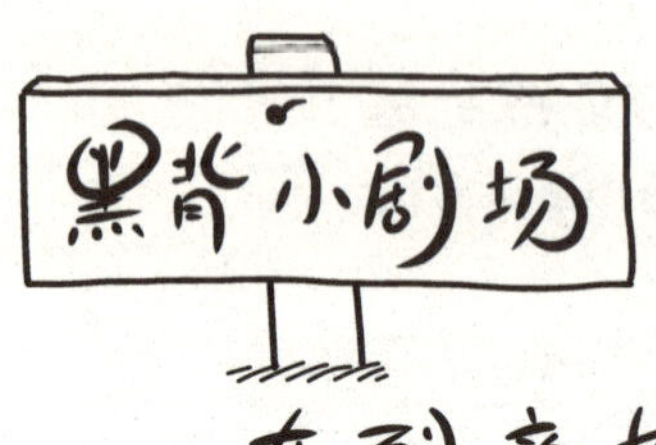

车裂商鞅

秦国要变法!!

我功不可没!!!

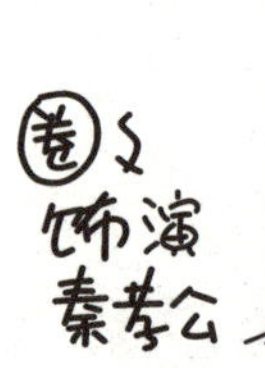

坏蓝
饰演
商鞅

你得罪不少人啊……
可要小心……

哎??

秦孝公挂了以后，商鞅被人诬告要谋反！
结果一代名臣被施以"车裂"之刑……

车裂嫪毐

怎么画都是一张
极其猥亵的脸……

秦王嬴政时期，
假宦官嫪毐得宠于太后，
倚仗太后的势力
起兵叛乱！
结果被逮获后以车裂处死！
并夷其三族！！！

第三章

腰斩

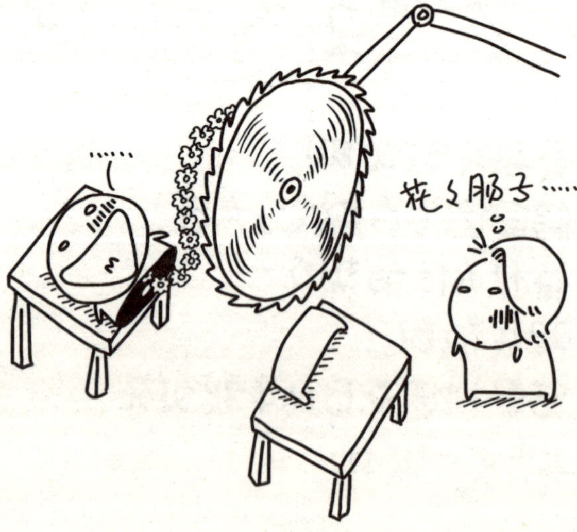

腰斩是一种极度残酷的死刑!!!

腰斩从秦代开始流传!!

先秦时，所谓的"斩"都专指腰斩！
砍头在当时叫做枭首！！！

腰斩就是用铡刀或其他利刃将人犯从腰部斩杀！！
使之一分为二！俗称一刀两断……

痛苦程度

腰斩的目的是延长罪犯的死亡时间，增加其痛苦!!!

哦?想吃酸的啊??

你故意气我
是不是!!!

因为人的主要器官都在上半身！

大脑、脊骨髓仍然相连！

中枢神经依然能进行反射活动!!

被腰斩的犯人不会一下死掉!!!

腰斩之后的犯人神智还很清醒!
得过好一段时间才会断气!!

腰斩死得慢一些！
但是却更痛苦一些！！！
火星全集

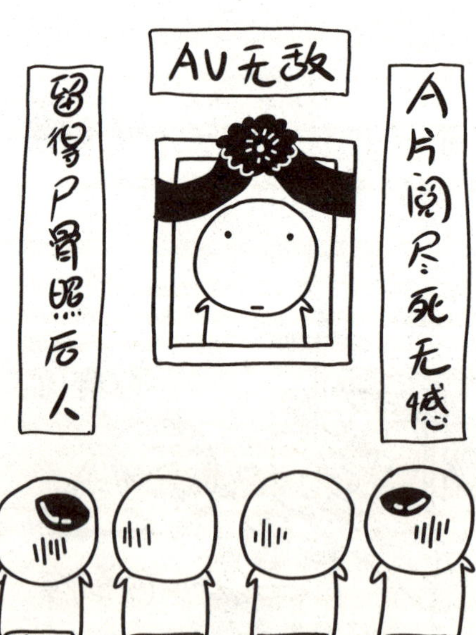

AV无敌
留得尸骨照后人
A片阅尽死无憾

第一个和最后一个

第一个被腰斩的名人是秦国丞相李斯!!

李斯不仅是辅助秦国横扫天下的政治家!

与此同时，李斯的文章水平也是屈指可数!!!

鲁迅曾说:"秦之文章,李斯一人而已"!!

然而,这样的大人物竟被小人赵高所害!
以谋反的罪名将李斯腰斩于咸阳!!
并灭其三族!!!!

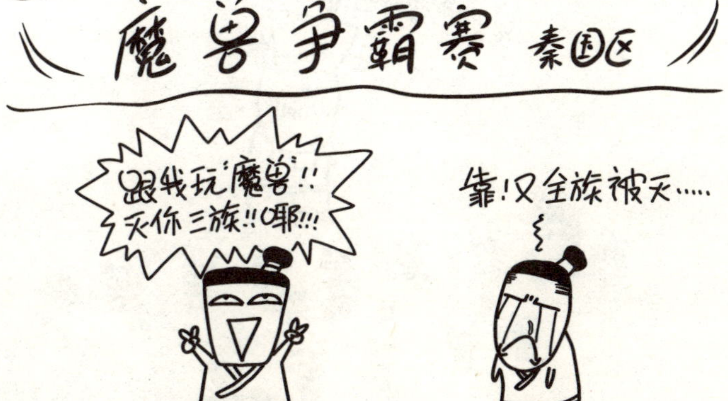

明成祖腰斩方孝孺！腰斩后，
方孝孺以手沾血连书十二个半"篡"字才断气！！！

最后被腰斩的是雍正年间的俞鸿图！
他以血在地上连写了七个"惨"字才断气!!!

雍正皇帝听闻此事，即下诏废除了腰斩……

第四章 剥皮

剥皮这两个字一听就叫人毛骨悚然……

其残酷程度并不亚于凌迟!!!

剥皮并不在官方规定的死刑方式之列!!

防患手册

1. 被逼自杀!!
2. 要求剥皮!!
3. 农民太贪婪!!
4. 无资质工头!!
5. 砖家说的!!

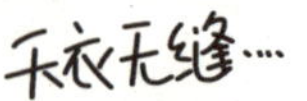

虽然不是官方规定的死刑!
但在历史上确实被多次使用!!!

国税、地税、暂住税、燃油税、
个人所得税、服务税、养路税、
交通税、车船税、电器税、宠物
税、住房税、垃圾税……快交!!

您记性真好……

如何剥……

最早的剥皮是死后才剥……

后来发展成活剥!!!!

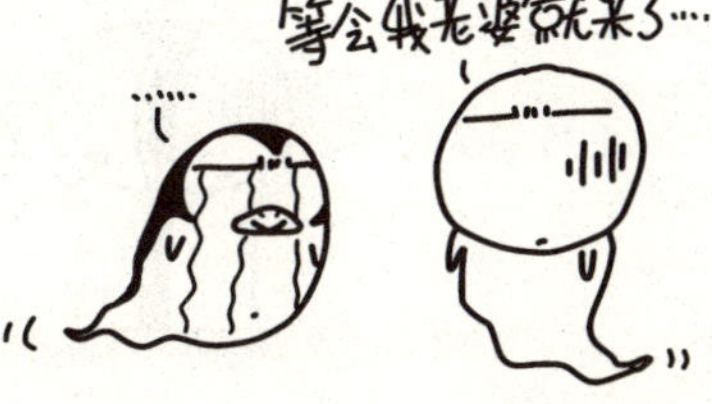

剥的时候由脊椎下刀，
一刀下去把背部皮肤分成两半!!!

然后用刀慢慢将皮肤和肌肉分开!

最后背部皮肤就像蝴蝶展翅一样撕开!!

65

第四章　剥皮

还有一种方法就是把人埋在土里，
只露出一颗脑袋！

〈沙滩恶搞〉

在头顶用刀割个口子！
向里面灌水银！！！

由于水银的比重很大！
会把皮肤跟肌肉拉开来!!

埋在土里的人会痛得不停扭动!!
却又无法挣脱!!!

最后肉体会从头顶的刀口"光溜溜"地蹦出来！
只剩一张皮留在土里……

皮被剥下来后制成肉面鼓，
挂在衙门口，以昭炯戒！！！！

剥皮盛世

明朝时，剥皮之刑用得最多、也最狠！！

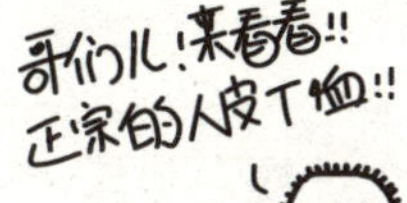

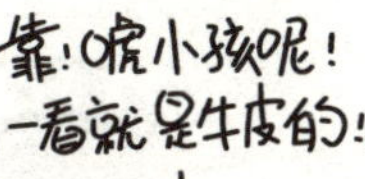

朱元璋对贪污六十两白银以上的官员，
就要处以死刑！！

处死后，将人犯剥皮！在皮囊里填上草！
然后将"人皮草袋"置于衙门的官座旁边！！

以此让后任官员触目惊心！起到警戒作用！！！

洪武年，宫中的太监如果犯了死罪，
都是用剥皮或凌迟处死！！！

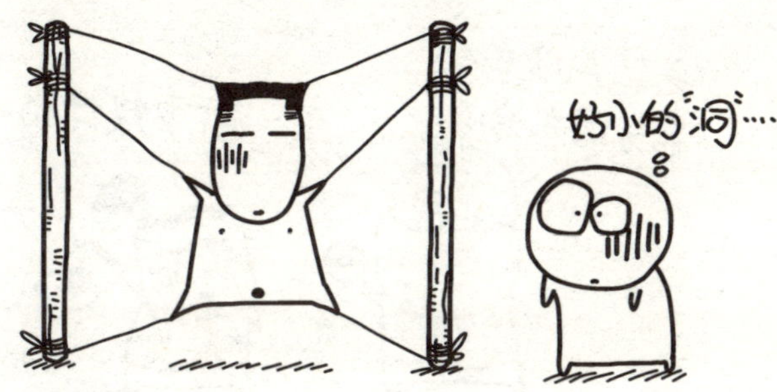

如果有太监娶妻者，也要处以剥皮之刑！！！

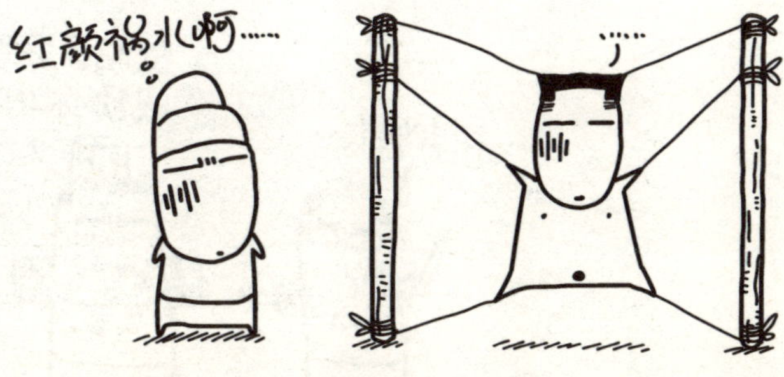

嘉靖年抗倭将领汤克宽俘获海寇首领王艮！
将其剥皮处死！！！

明末张献忠规定：
如果被剥的人当场毙命，
行刑的人也要被处死！！！

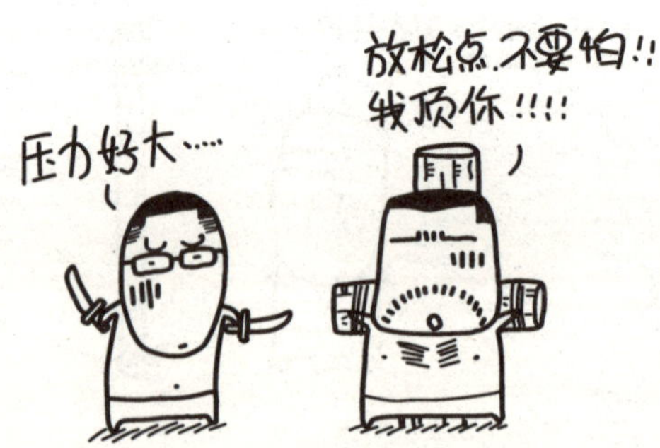

天启年,魏忠贤的剥皮手法很独特:
将溶化的松香浇在人犯身上!!

等松香冷却后,用锤子敲打!
于是松香和人皮就一起脱落……

第五章

棍刑

棍刑,即木桩刑!

这里要说的棍刑,
不是用棍子打人!!!

各位读者!!
想看好戏吗??

这里要说的棍刑是拿棍子直接从人的嘴巴或肛门里插进去!!!

溜!!!

整根没入!穿破肠胃!让人死得苦不堪言!!!

根据木桩直径的不同，
对待人犯的方法也有所不同……

基本上肛门会事先用扩张器张开！！

然后刽子手将木桩插入.
再用锤子向里面锤打!!!让木桩深入!!!

还有的地方是在木桩插入肛门后.
刽子手会把木桩竖起来.插入事先挖好的坑里!!!

然后,利用犯人的自重,让木桩一点一点深入!
直至从其腋下、胸部、背部或嘴巴穿出!!!

历史上没有这种刑罚的记载!不过在金庸的小说《侠客行》里有提到,美名曰"开口笑"!!!

第六章

宫刑

“宫”，即“丈夫割其势，女子闭于宫”！！！

宫刑就是阉割男子的生殖器！
破坏女子生殖机能的肉刑！！！

还好老夫在第七宫……只被割了七刀……
双鱼被割了十二刀……连蛋々都没了……
紫龙啊！我是在为你好啊……

宫刑又称蚕室！蚕室就是密室!!!

人在受宫刑后，创口极易感染受风！

小骨髅！怎么没厕纸了!!

所以必须在不见风与阳光的密室里蹲上百日，创口才能愈合……

宫刑也被称为腐刑！这是因为对受害者来说心灵受辱后会像一株腐朽之木!!

如何宫刑

宫刑首先要拿绳子把小弟弟绑起来！

绑的时候连子孙袋一起绑!!
让血液不通，自然坏死!!!

三天后,用利刀一刀子将小弟々连同子孙袋一起割掉!!!

割掉以后,要拿香灰盖上,用来止血!!!

还要把鹅毛插入尿道里,防止创口和尿道长在一起!!!

几天后,拿掉鹅毛.
如果能屁出来,
就没事了!!
屁不出来的话……
最后会死于屁毒症!!!

关于阉割

阉割和宫刑虽然在实质上一样，
但是性质却不一样!!!

宫刑是人违法后被处以的刑罚!!

而阉割则是针对太监使用的词汇!!
也就是所谓的"净身"!!!

养宠物必须净身!!

太监会将自己的"宝贝"保存好!
死后,宝贝会和尸体一起下葬!
就算是保存全尸!!!

谁规定的
养宠物就要净身!!!

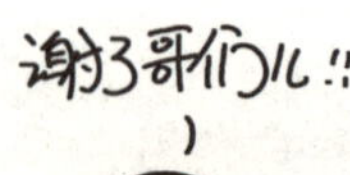

司马迁与《史记》

司马迁为李陵辩解了几句而触怒了汉武帝!!!

于是,司马迁被打入死牢!!!

根据汉朝刑法，
死刑有两种减免办法：

一是用五十万钱赎罪，二是受宫刑！！！

司马迁官小家贫，拿不出赎罪钱，
当然也不愿意接受宫刑!!!

但是当他想到没有完成的《史记》!
他毅然选择了宫刑!!!
司马迁只有一个信念——完成《史记》!!!

第七章

凌迟

我有后台哦……

嘿S!!

凌迟，即民间所说的"千刀万剐"!!

凌迟就是将人犯身上的肉一刀一刀割下来!!

使受刑的人犯
痛苦地死去!!!

为了使人犯受到最大的痛苦，
在行刑时人犯绝对不能死!!!

据《史记》记载，
最高纪录是三千六百七十刀!!!
也就是说要割下三千六百七十片肉才准犯人断气!!!

如果人犯未割满规定刀数
就断气，执行人也要受刑!!

什么情况下处以凌迟

1 谋逆君主之罪：

❷ 伦常之罪：

子女谋害父母

你占我便宜……
不好意思！！

弟幼谋害兄长

你…你……
太不好意思了！！！

奴仆谋害主人

你…………
哎呀！又占你便宜了！！！

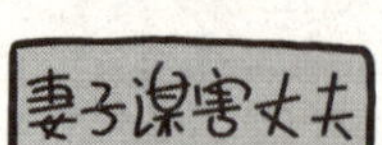
妻子谋害丈夫

靠！！！

③ 凶残与不人道之罪：

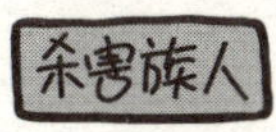

到了乾隆时期，打骂父母或公婆，
也要处以凌迟！！！

虽然残酷，但是对于现在有些
年轻人的所作所为，一点也不过分！！

贪污、受贿者也要被处以凌迟！！！

凌迟过程

正宗的凌迟高手与大肉铺都建立了密切的联系!!

长期战略合作签字仪式

遇到执刑的淡季，师傅就带着徒弟们到肉铺做义工!!!

凌迟手志愿者报名处，"我参与，我狠毒!!"

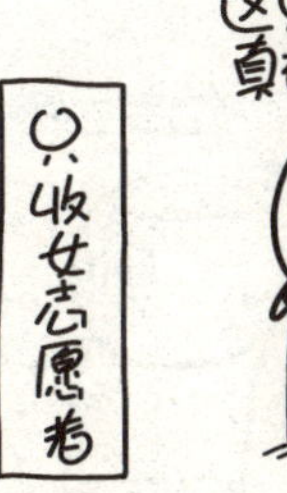

这些人不知将多少头肥猪，
一刀一刀片成了包子馅儿!!!

最后练就了秤一样准的手眼功夫!!

看你这猥琐的样子就
知道:长2厘米,直径8毫米....

您可千万别说出去啊....

奸商!割一斤,给我三两!!!!

割一斤,决不会是九两!!!

行刑者手拿尖刀，在人犯胸口灵巧地一转……

一片铜钱般大小的肉便从人犯胸口上旋了下来!!!

行刑者会用尖刀扎住那片肉，
向左右围观的群众展示！！！

行刑者的助手会在一旁报数！！

紧接着是第二片、第三片、第四片……

成功的凌迟，是很少流血的！！！

如果碰到血流如注而无法下刀的情况……

应急的办法是浇一桶冷水，让犯人突然受惊!!

使血管收缩!
从而减缓血液的流动!!

如果凉水不行，就浇上一桶醋!!

《本草纲目》认为醋有收敛之功!
浇醋就是取其收敛之意……

如果还是不行，那就只有先在犯人小腿肚子上割下两块肉放血!!!

但这种方法往往会使犯人在执刑未完前就因失血过多而死!!!

刽子手之死

凌迟的时候，要将切下来的肉一片片摆在案头!!!

执刑完毕，监刑官要会同犯人家属上前清点!!

多一片或少一片，
都算刽子手违旨!!!

行刑的既要割得均匀!!

又要在最后一刀让犯人停止呼吸!!

一个铁打的刽子手，执行完一个凌迟，也要累倒在地.....

宋朝一个粗心的刽子手因为多割了一刀……

结果被犯人家属上告,
丢掉了性命!!!

通报批评

人犯XX被无端多割三刀,现查明刽子手黑某人属于无资质凌迟手!现已将黑某人停薪留职!!

特此通告

精彩和震撼

刽子手向人们展示凌迟的过程，有三点原因：

❶ 显示法律的严酷无情
和刽子手行刑的一丝不苟!!!

② 让观刑群众受到心灵震撼!!

从而收敛恶念,不去犯罪!!!

这也是历代行刑时鼓励人们前来观看的原因!!!

③满足人们的心理需要!!

无论多么精彩的戏，
也比不上凌迟活人刺激!!!

袁崇焕

抗清明将袁崇焕，因为崇祯皇帝中了反间计，误以为他通敌卖国，被判凌迟处死……

第八章

其他酷刑

诛九族

所谓的"诛"即诛杀！
而"九族"具体指的是——

高祖

曾祖

祖父

父

本人

子

孙

曾孙

玄孙

历史上株连最广的是朱棣杀方孝孺!!
诛其"十族"……

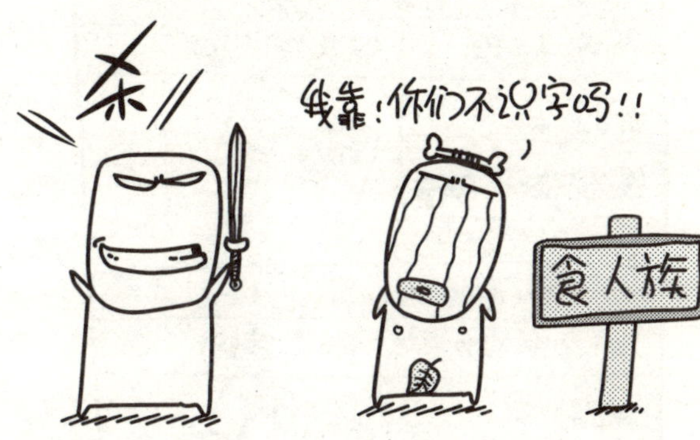

公元1403年,朱棣从他侄子手中成功夺取皇位!

朱棣如愿当上了皇帝，
而他侄子，也就是建文帝却不知所踪！！

常住人口登记卡	
姓名：朱元璋	职务：明太祖
性别：男	死亡
婚姻状况：多婚	

常住人口登记卡	
姓名：朱允炆	职务：建文帝
性别：男	失踪
婚姻状况：已婚	

方孝孺身穿孝服，在大殿上痛哭不止……

并挥笔写下几个大字："燕贼篡位"！！！

朱棣强压怒火问道："你就不怕株连九族吗？"

朱棣勃然大怒！盛怒之下，
朱棣要诛灭方孝孺十族！！！

自古以来，最严酷的莫过诛九族！！
从来没有诛十族的先例……

于是朱棣将方孝孺的学生归为第十族……

第十耻：以看帖不回帖为耻！！
第十荣：以看帖留言为荣！！！

方孝孺一案，朱棣可算是开了先河！空前绝后……

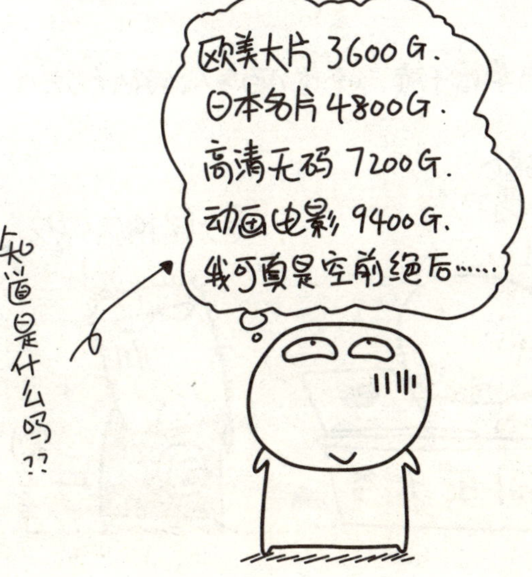

最为残忍的是，朱棣将逮捕的方氏族人和朋友都一一送到方孝孺的面前杀死！！！

史载，诛方孝孺十族，死者达八百多人，行刑七日方止……

临到最后杀方孝孺时，方孝孺大骂不止!!!

朱棣先是命人将方孝孺的嘴割裂至两耳!
并割下舌头，随后处以凌迟之刑……

烹煮

"烹煮"即"请君入瓮"

"请君入瓮"这个事发生在武则天当皇帝的时候!!

朝中有位酷吏叫来俊臣．此人崇尚酷刑！

在我手中．任何东西都可以成为使人招供的利器！！！

对那些不肯招供的犯人．

往往以酷刑对待！！！

他的方法是找个大瓮，把人塞进去！！
然后在瓮下面用火加热！！！

随着温度越来越高，犯人不肯招供的话，
则会被活活烧死在瓮里面……

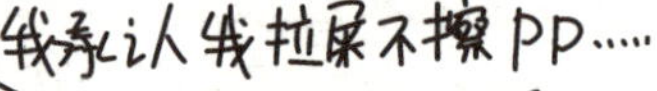

后来武则天听说来俊臣要谋反，
就把来俊臣找来，问他犯人不肯招供怎么办？？

他很得意地说出这个方法！
于是武则天就说了句："那就 请君入瓮吧"。

锯害

用铁锯将人犯活活锯死……
其惨状与凌迟，剥皮不相上下……

难怪在地狱酷刑中，就专门有把人锯开的酷刑！！！

不过，锯死活人不仅在传说中的地狱中存在。

这种和凌迟、剥皮不相上下的酷刑，
在人间也确实存在……

三国时期，孙皓的爱妾指使下人到
集市抢夺百姓的财物！！

中郎将陈声将抢劫者绳之以法!!

将抢劫者锯了!!

爱妾向孙皓哭诉. 孙皓大怒!!
假借其他事端逮捕陈声......
用烧红的大锯. 将陈声锯杀......

灌铅

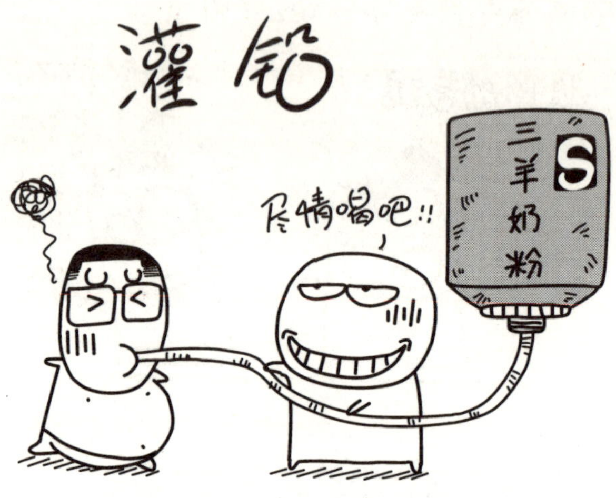

其实在古代的酷刑中，
不单有灌铅，还有灌锡……

锡的熔点是摄氏232度!!
铅的熔点是摄氏327度!!!
无论是灌锡或灌铅都足以把人烫死……

而且熔化的锡或铅一入腹就会凝固成块!
这种金属产生的坠力也能致人于死地……

梳洗

这里说的梳洗并不是女子的梳妆打扮，
而是一种极为残忍的刑罚!!!

它指的是用铁刷子把人身上的皮肉
一下一下地抓梳下来……

一直刷到肉尽骨露,
人犯最终在痛苦中咽气……

其实梳洗之刑的发明者正是
大明皇帝——朱元璋!!!

实施梳洗之刑时，刽子手把犯人的衣服剥光，
然后裸体放在铁床上……

现在的按摩服务和梳洗刑有着千丝万缕的联系……

由于梳洗刑也是将身体上的

所以梳洗刑与凌迟异曲同

然后用滚烫的开水在犯人身上浇几遍.

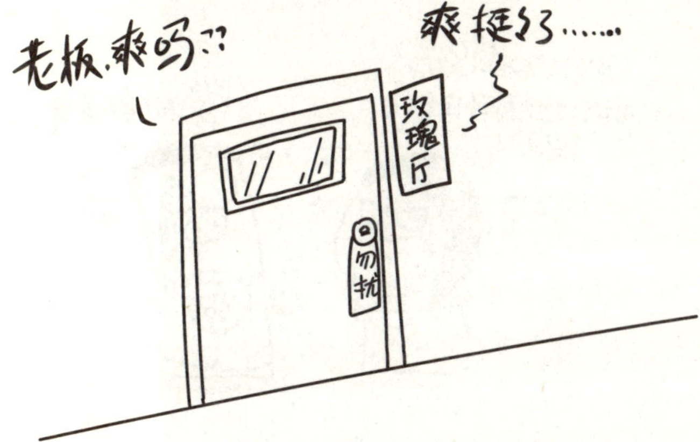

最后就是用铁刷子

一下一下地刷去犯人身上的皮肉……

这就好像民间杀猪用开水烫过之后去

而犯人往往等不到皮肉刷尽，露出白
就早已气绝身亡了……

活埋

活埋是战争时常用的手段……

因为省力，速度也快……

古代战争中的活埋，
基本都是让战俘自己动手来挖坑……

今年贪污了三四亿，
明年再接再厉！！

贪污等于自掘坟墓

有时候会先将俘虏杀死，
再把他们推下去掩埋……

当然也会遇到时间不够，
或战俘过多的时候。

那就会直接将战俘推到坑里，然后盖上土，
将战俘活活闷死……

在中国战国时期.
秦将白起一次便活埋了赵国降卒四十万……

你是这次活埋行动中的第88888号降卒.
请问有何感想??

横竖都是个死啊……

秦始皇的坑儒行动看来只是小巫见大巫了……

还有一种，就是把人埋到土里，
只露头部，然后开始凌虐……

活埋古已有之，
不过没听过有什么名人受过这种刑罚……

好歹偶现在也是个小名人……
太过分了吧……

第九章 名人的葬礼

韩非子
死因：毒死

韩非子是战国时期著名的哲学家、散文家，
也是“依法治国”的开山鼻祖！

他的法家学说，为秦国一统天下打下了坚实的理论基础!!

然而丞相李斯在秦王面前奸言两句，毒酒一杯，
便让这个中国历史上最伟大的法学家烟消云散了……

卑鄙！无耻！下流！
下贱！龌龊！小人！
人渣！败类！畜生……

韩信

死因：诛杀三族

首先要说的是：韩信是汉朝开国的第一功臣！
这一点绝对是无可争议的！！！

但是关于韩信到底有没有谋反实在是个难解之谜……

而这位千古名将 最后竟被小女人吕后斩杀，并诛三族……

岳　飞

死因：缢首

不论岳飞在抗金的战斗中如何出色，
他的命运其实早已注定……

首先，宋高宗想要他死！！！

如果金人被打败了，大宋将要迎回两个被金人俘虏的皇帝！那宋高宗不就当不成皇帝了吗！！！

也有道理……要不然我把你杀了，再打败金人，然后只迎回一个皇帝……

再一点，秦桧也想要岳飞死！！！

我还欠前面两个皇帝五百两银子……
这要是回来了，我到哪筹钱啊……

如果岳家军胜利归来，
他这个"投降派"绝对小命难保……

可是要弄死岳飞的话，
我就成千古罪人了……
做男人太难了……

于是这两个掌握生杀大权的男人"心有灵犀"：以"莫须有"的罪名将岳飞父子在风波亭处死……

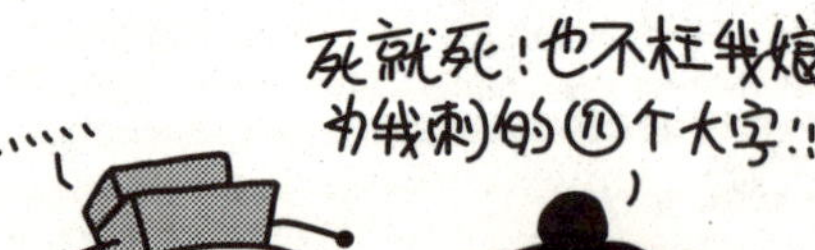

刘伯温

死因：慢性中毒

人们常常将刘伯温和诸葛亮相提并论！！

只是这位"前看五百年，后算五百年"的刘伯温最终也没有逃出朱元璋的如来佛手心……

史书记载，刘伯温是吃了胡惟庸送的药以后，使病情加剧而死的……

许多人都认为这是朱元璋
借了胡惟庸的刀杀掉刘伯温的……

不过不久之后，胡惟庸全家亦遭灭门之灾……

第十章

针对女性的酷刑

中国人可谓聪明绝顶久矣……
我们发明了火药，却只知道用来放烟火……

火药到了外国人手中，变成了武器……
然后……

我们发明了指南针！
却用来看风水……

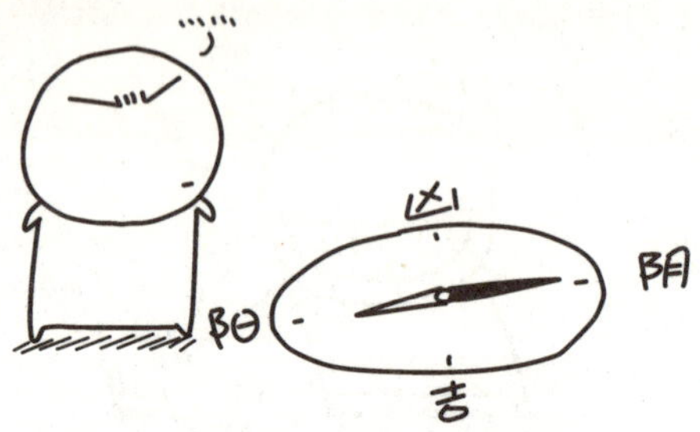

外国人把指南针用来航海！
开辟了一个又一个新大陆……

不仅如此！就连刑罚也是别出心裁……
尤其是针对女性的刑罚！！！！

针对女性的种种折磨，尤其突显了人类
心理的阴暗、念头的歹毒、方法的残忍……

裸刑

对女性犯人施以裸刑，
可以说是中国古代史上统治者最卑劣最下流的刑罚!!!

裸刑处决在夺去犯人生命的同时，
也在贬低他的身份、侮辱他的人格!!!

大小了，不需要打码……

尤其是把女犯的衣服剥光后处刑，

除了贬低其身份之外还起到了羞辱的作用……

妇女地位在中国古代一向低下……

被施以裸刑的女性、大多是对统治集团构成一定威胁的人!!!

而这些女性都是在政治或军事上
具有卓越领导才能的人物!!!

还是跟着老黑
混吧……

同一个"XX联",同一个女女!!
"XX联"欢迎你!!

而且这类女性在百姓中都具有很高的声望!!!

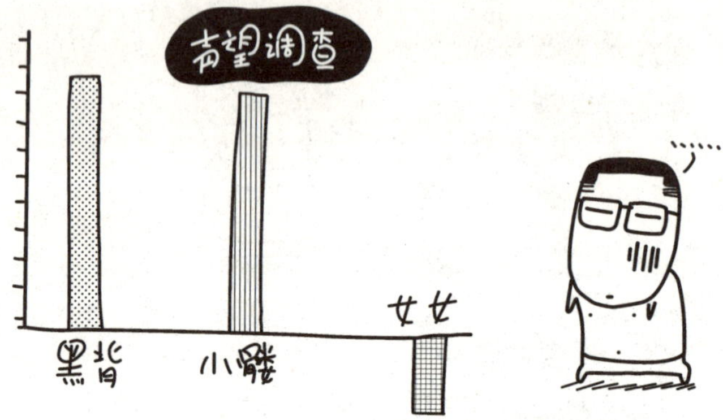

如果只是单纯地将她们处死，
并不能影响其在百姓心目中的形象!!
甚至还会激发人们对她们的同情……

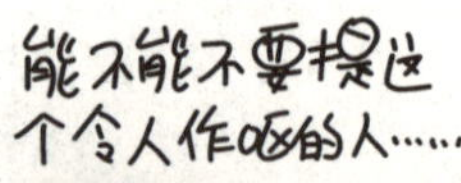

因此，对于统治集团来说，如何消除这类女犯在百姓心目中的这种影响才是决定对她们施以何种刑罚的核心……

施以裸刑，

牵扯到中国人下意识里最忌讳的那个"性"字！！

这样做，无疑是从根本上摧毁其人格形象乃至精神影响的极佳途径！！！

《黄猫紫鬼七虾传》才是值得我们学习的好毛片…不是…好片子！！

陈硕贞

中国历史上著名的农民起义女领袖被俘后，
几乎无一幸免……

隋末女杰陈硕贞于唐高宗永徽四年
率众起义，自封为"文佳皇帝"!!!

像陈硕贞这样的女子.
便是当时老百姓崇拜的偶像!!!

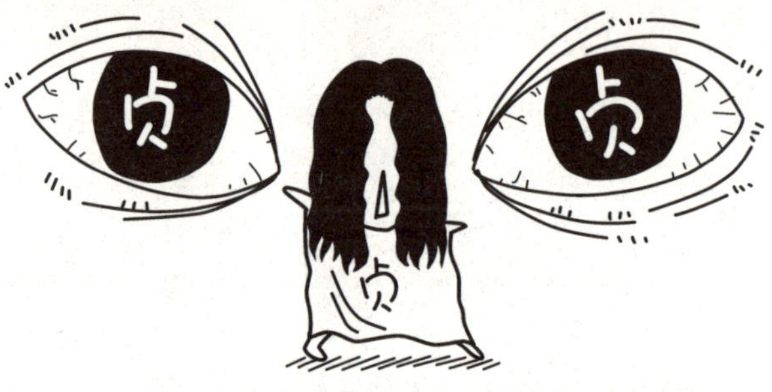

在陈硕贞被俘后，刽子手将其当众凌辱后才行肢解刑!!
这样做，无非就是要摧毁她的形象!!!

肢解刑先要剥光衣物，
然后割去双乳……

这对于巾帼女杰来说，当然是极大的侮辱!!!

骑木马

这是一种专门针对女犯使用的酷刑……

所谓木马，其实就是用木头做成的木马……

而在木马的背上还竖着一根尖木桩……

她会被强行按坐下去!

随着木马的晃动！

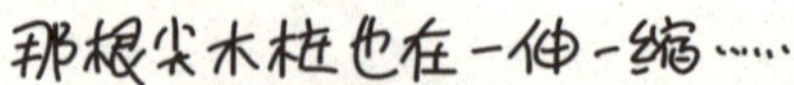

这样的伸缩会让女犯痛得撕心裂肺……

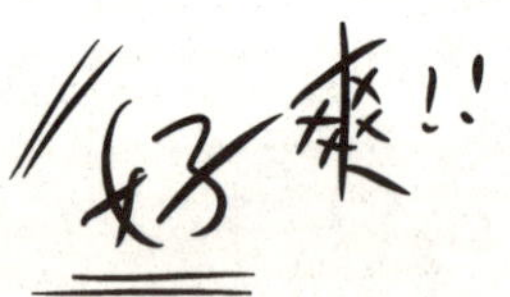

很多受此刑的女人往往会惨死在木马上……

在古代，这种刑罚常常用于惩处所谓的"偷情淫妇"……

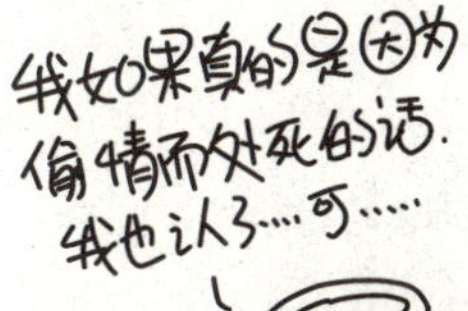

破身

这是一种针对处女的酷刑……

这个刑罚需要一个处男来配合……嘿嘿……

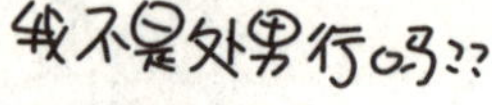

这种刑罚说白了，就是强行破坏女儿的处女之身……

要么指使凶猛的男儿或下属凌辱女儿……

或者按住女犯，用一根木棍充当刑具
使女犯处女膜破裂

久经考验的忠诚黑米：女女同志，昨日在《大刑伺候》片场光荣殉职……女女同志生前为广大黑米带来了无尽欢乐……

传说《杨乃武与小白菜》中的小白菜就惨遭此刑……

除晦烙印

这是一种针对"进门寡"的酷刑……
所谓"进门寡",就是一些闭塞地区称呼新婚不到3天,丈夫就死掉的女人……

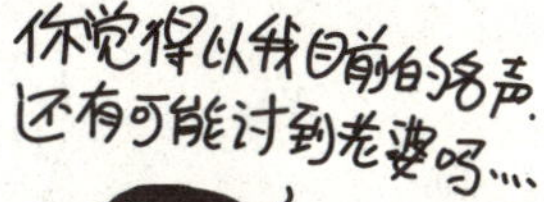

准备什么时候结婚?

婆家人最是忌恨这种女人,认为她是"八败克夫命"!
所以就施以"除晦"、"烙印"……

来吧!最后一节了!!
给个痛快吧……

所谓的"除晦"，就是强行用剃刀剃去阴毛，以消除晦气……

然后再用烧红的烙铁，在其阴部烙上其夫的名字，这叫"烙印"……

请关爱女性健康!!

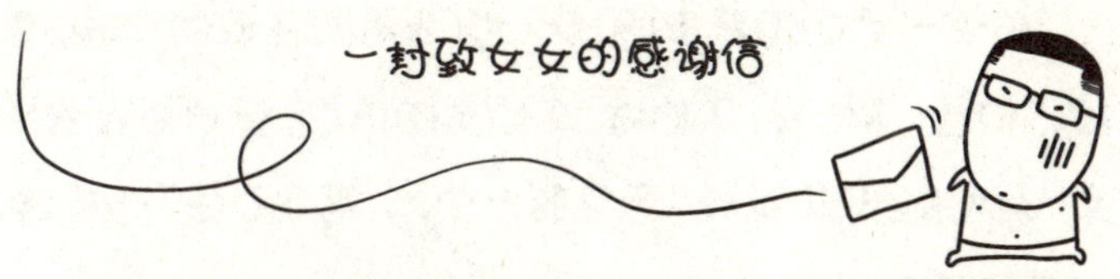

特大消息!万众期待、美妙绝伦、人见人爱,花见花开、车见车爆胎的《黑背!大刑伺候!》已经出狱!!!!

这部故事书让我们见识了一个个血淋淋的历史,了解古人们对刑罚的钻研之深,和受刑者的痛苦之切。

每当我们看到惊心动魄的画面,每当我们听到鬼哭狼嚎的惨叫,每当我们体会到痛彻心扉的刑罚的时候,我们不能忘掉一个人——妇女之友!!!!!!

从第一章的炮烙开始，女女就本着大无畏的精神，秉持不怕苦、不怕累、不怕难、不怕死的信念，坚持为大家来以身试法。他的这种“死了我一个，幸福千万家”的精神，值得我们学习！

每一次的刑罚，我们都能看到女女的身影。推一推眼镜，迷倒众生。一时间，他成了我们的大众情人、全民情敌。姑娘们为他心伤，兄弟们为他祈福。

其实，我们只看到贼吃肉，却没看见贼挨揍。每一次女女在漫画中被我活生生地整“死”，“死”了又弄活，周而复始，日复一日，每一次新的刑罚，我们的女女总是很痛苦。

而我每次画到女女受刑的时候，心里总会很爽……嗯！不不！我总会很内疚！嗯，我是内疚！这无形中也激励了我继续画好漫画的决心。女女能每次受刑，而且无怨无悔，乐此不疲。每日熬夜的我，又算得了什么？

女女的伤痛数不胜数，PP的肛漏，剥皮的痛苦，凌迟的折磨，宫刑的精神摧残，棍刑的难受……

最后，我衷心的希望女女在以后的漫画道路上，永远快乐、永远幸福、永葆青春、永…………

为了大家能看到最好的漫画，我一定会整他整得更惨！！！

黑背
2008.10.25

黑背提醒您：

"雷"来啦!!

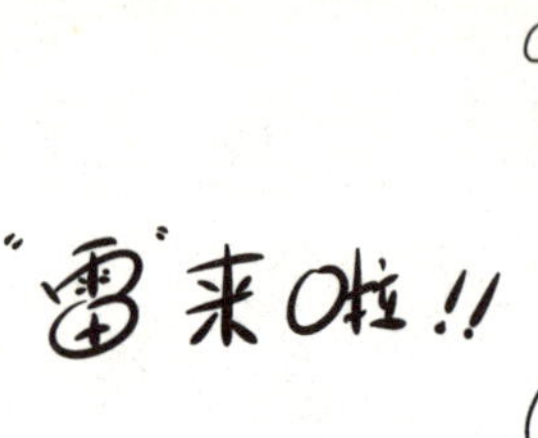

但黑背的漫画还在继续。下一部作品《这个张飞有点雷》要以掩耳之势来期待哦!!因为确实太雷了，连黑背自己都被雷倒了……

废话少说!先来造点雷人之势!
请带好避雷针，先睹为快!!!

很多年前，当时我还在杀猪！
有一天，一个算命先生说要给我算一卦……

先生！算一卦吧！！
随便给个猪腿就行！！

一个猪腿算一卦！
当我是猪脑子！！！

开玩笑！给猪肘子
就成！！

这还差不多！！！

先生请便随写个字!
我只会写自己的名字……
再世诸葛
翼
先生叫什么名字呢?
张飞!!
那先生中午吃的什么?
三大碗米饭!!!
……张飞……三碗米饭……

结果这个算命的把我写的字改了几笔，
转身就走了，连肘子都没拿……

这个人后来我又见过，他叫杨修，被曹操杀了……
据说是因为他太聪明了……

原来聪明也是一种错…这让我想起了阿斗……

阿斗是个很奇怪的孩子.
平日里总是呆呆地看着一个方向发笑!!

他们都说这孩子脑袋有问题,比如你给他一块点心!!
他总是拿到屁股上蹭两下再吃......

为此大哥打过他好多次也没有用......

于是大家总是趁大哥不在的时候用点心逗他!!!

有段时间我一度认为他是让子龙在长坂坡那次给蒙在怀里憋坏的…觉得阿斗也怪可怜的…

后来我才知道，应该可怜的是我和那些给他点心的人！！

从此我不再用点心逗他了！而阿斗从此看军师的眼神也变得沉沉的……

而阿斗平日傻笑的那个方向是大哥的龙椅……